그리움이 가득 핀 섬에 가고 싶다

개미

그리움이 가득 핀 섬에 가고 싶다

장근수

2011년에 24권 24,000권에 이어 두 번째 시집을 내면서 반추를 해봅니다. 삶의 질곡 속에서 살아온 날보다 살아갈 날에 이 창작집으로 인해 위로가 되길 바라는 마음이 간절합니다.

대한민국장애인창작집필실이라는 타이틀 처음으로 달던 때가 빈 하늘에 달을 매달던 마음이었습니다.

이번 선정 작가와 작품집은 반향이 커지기 시작했습니다. 자기 몸을 온전하게 운신하지 못하는 이들이 모여 만든 동인시집을 비롯해 지역적 교류를 시작하였고, 개인 시집 4권, 2인 시집 1권, 지역 일반인 개인 시집을 1권 하여 총 7권이 발간됨에 있어 새로운 가능성의 환희를 체험하고 있습니다.

대전시와 대전문화재단의 관심과 지원 그리고 후원은 커다란 시대정신의 한 축이 되기에 충분합니다. 한국문학의 새로운 정신의 발로가 이곳에서 비롯되기를 바랍니다. 하루의 삶이 버거운 이로부터 내일의 희망이 갈급한

이들까지, 그리고 같은 시대를 사는 눈높이를 같이하는 모든 약자들에게 바칩니다.

　공모에 응해주신 작가분들에게도 축하와 감사를 드립니다. 아울러 심사위원 박덕규 교수님을 비롯해 계간 문학마당, 갤러리 푸른창, 갤러리 예향 좋은친구들, 갤러리 예향 한국장애인문화네트워크, (사)한국청소년영상예술진흥원, 최영란 무용단, 착한봉사단에 감사의 마음 전합니다. 특히 장애인 작가들의 육필로 쓴 원고를 직접 타이핑해 주신 권태정, 조은경, 강건규 등 일일이 말하지 못한 모든 착한 마음에서 읽는 독자에게 이 책을 바칩니다.

2013년 12월
장애인인식개선오늘
대표 박재홍

시인의 말

　이번에 출간한 『그리움이 가득 핀 섬에 가고 싶다』의 시집은 내가 두 번째 시집을 낸 지 꼭 3년 만에 내놓는 것 같습니다.

　임과 어머니에 대한 그리움을 비롯하여 가족, 선생님, 친구, 고향, 호수, 달, 계절, 젊음, 조국 등 인간과 자연을 포괄적으로 그리움이란 시에 담은 74편은 남녀노소 구분하지 않고 다양한 계층이 감상할 수 있도록 어렵지 않는 시어를 등장시켜 엮어 보았습니다.

　현대의 고된 삶을 통하여 마음을 추스르고 싶을 때, '그리움' 의 시를 꺼내어 감상한다면 삶에 대하여 다소 도움이 되지 않을까 하는 생각이 듭니다. 특히 중년들에게 적절한 시가 되지 아닐까 생각해 봅니다.

　2014년도 갑오甲午년을 맞이하여 한 권의 시집을 출간할 수 있다는 것은 나에게 행복幸福과 천복天福이 깃든 한 해라고 여겨집니다.

　이번에 출간된 제 시집의 시를 감상함으로써 허한 마음속에 행복과 즐거움이 가득 채우는 계기가 되었으면 좋겠습니다.

2013년 12월
구봉산 서재에서
해랑 장근수

그리움이 가득 핀 섬에 가고 싶다
차례

그리움 1

소나무 빽빽하게 박힌
동네 뒷산으로
여름 밀어 제치고
보슬비 가을 알리던 날
하얀 하늘 밑
남쪽 도시로 떠난
그리움 하나

물방울로 엮은
커튼 수없이 열어 젖히면
가물가물하게 들려올 것 같은
잠 깬 그리움 하나
어두운 구름 뚫고서
기꺼이 들려올 것만 같아라

쪽빛 남쪽 하늘
단풍잎 곱게 물들 즈음
쳐다보고 쳐다보면

퇴근하는 그리움 하나
석양빛 아래서
환하게 나타날 것만 같아라

부엉이 우는 밤하늘
총총히 박힌 옥구슬 구경하듯
각혈된 눈으로 별빛에 빠져
희미한 남쪽 하늘 쳐다보면
투정 대는 그리움 하나
겨울밤 찬바람 타고
밤하늘 은하수 뿌린 듯
눈앞에 쏟아질 것 같아라

그리움 2

한여름
갈매기 우는 날
돛단배는 사라졌다네

돛단배 떠나간 지
몇 년이 흘렀다네

임 그리워
수평선 쳐다보며
기다리고 기다렸건만

임은 오지는 않고, 난
애만 태우고 있었다네

그곳은 전화도 없고
집배원도 없다던데

그리움 3

그립습니다
그대가 그립습니다

홈페이지의 손님 작품방
예쁜 배경 위에 올려놓은 시
악기 다 동원시켜
노래하는 그대가 그립습니다

전화는 부재중이고
메일 한 통 없이
흰 종이 뒤로
투명인간으로 나타났다가
흔적도 없이 사라지는
그대가 누군지 그립습니다

알 것 같으면서도
알 수 없는 그대
마음이 넉넉하고 따스한 느낌을 주는

그러는 그대가 그립습니다

녹음이 짙은 계절
그대가 누군지 몰라도
'그리움' 이란
세 글자를 떠오르게 하며
내 마음 기쁘게 하는
그대가 그립습니다

그대가 주는 선물
얼굴빛 변하지 않고
선뜻선뜻 잘 받아 챙기지만
어디 사는 누구인지
그 정도는 최소한 알고 싶은
그대가 정말 그립습니다

그리움 4

여름밤 실바람이 불어올 때
한번은 찬송가에 취해
미친 사람처럼 머리 흔들며
그대를 그리워한 적 있습니다

보고 싶어도 볼 수 없고
말하고 싶어도 말할 수 없는
진달래 영산홍이 붉게 물들었을 때
오솔길을 함께 걸어보고 싶어
그대를 그리워한 적 있습니다

한 통의 전화로
희망의 씨앗을 심어준 그대
그때가 처음이자 마지막 전화인 줄 몰랐습니다
그런 줄 미리 알았더라면
일찍 포기했을 그리움 하나

그리움 속에서 헤어나지 못하는 것은

그대가 남기고 간 찬송가 때문에
그대를 잊으려 해도 잊을 수 없기 때문입니다

그리워한다는 것은
작은 기쁨이요 행복이지만
살아 있는 작은 시 한 편으로
그리움을 잊을 수만 있다면
축복이라고 생각합니다
그대를 볼 수 없더라도
가슴속에서 쉽게 사라지지 않을 것이며
추억의 무덤에 몰래 파묻어 놓겠습니다

그대가 그리워
도저히 참을 수 없을 땐
추억의 무덤에서 찾아보고 그래도 없다면
글뜰에서 찾아 보겠습니다

그대를 처음 만났을 때

어렴풋이 기억나는 순수하고 예쁜
그리움 하나 더듬으며 말입니다

그리움 5

실바람 타고 온다
벼 모의 머리를 쓰다듬으며
내 가슴으로 달려오는
한여름의 그리움 하나

땡볕으로 익어가고
가장 여유 있는 시간
태평양을 횡단하여
태백산맥을 넘고
수많은 산봉우리를 타고 넘고 넘어
그리움 하나가 달려온다

조국 산야의 꽃밭에서
그리움에 젖어 있는 한 사내에게
용기와 자신감을 심어 준다
그리움도 가르쳐 준다

"그리움을 찾지 못할지라도

그리움의 기쁨을 찾을 수 있다면
그것이 최고의 행복이니라."라고

그리움 6
— 선생님께 쓰는 가을 편지

선생님?
선생님 얼굴 뵈러
벼이삭 노랗게 익는 날
경부선 열차를 타고
옛 추억 캐며 올라가겠습니다

올라가다 기차가 연착되면
잠시 내려서 오색으로 물든
단풍잎을 만져보기도 하고
풀벌레들의 가을음악회에 참석하여
노래 감상도 하면서 천천히 올라가겠습니다

선생님?
그래도 너무 지루하다 싶으면
선생님의 따스한 얼굴을
차창 속 파아란 도화지 같은 하늘에
엄지손가락으로 그려보기도 하면서
여유 있는 편안한 마음으로 올라가겠습니다

그리움 7
— 인터넷 문학카페에서

그대를 보았습니다
실물은 볼 수 없지만
육체의 껍데기를 쓰고 있는

자유의 여신상처럼
횃불을 높이 치켜든 채
용기의 빛을 발산하는
그대의 얼굴을 보았습니다

절망의 터널을 거친 후
봄과 같은 계절 속에서
한 송이 장미처럼 활짝 피어
행복을 소유하고 있는
그대의 얼굴을 보았습니다

그대의 얼굴에서 빛나는
아름다운 인생을 찾았습니다
활기찬 희망도 보았습니다

그리움 8

아지랑이 피는
따스한 계절이 오면
그대가 그립습니다

참외, 수박향 나는
고향에 을 때면
그대가 그립습니다

나뭇잎, 커피빛으로
물들 때면
그대가 그립습니다

눈 쌓인, 저
식장산 자락을 볼 때면
그대가 그립습니다

그대는 늘
내 눈앞에 있습니다

그리움 9

대지가 푸른 옷을 입었을 때
그대는 푸른 옷 속으로 숨어 버렸지
여름옷을 입은 나무인 양
눈보라에도 끈을 놓지 않았던
강한 그대가 갑자기

몇 달 동안
그립고 그립던 그대
컴퓨터 하얀 바닷속에서
반복하여 부상浮上했다 잠수하며
내 마음을 뜨겁게 달구었지

그때
내 눈에도 물이 올랐다
싱싱한 그리움의 물
동백나무 같은 색깔의 물

그리움 10
— 컴퓨터 대화방에서

5월 마지막 날
시낭송대회로 꽃피웠던 밤
그리움 하나 때문에
택시 타고 일찍 귀가했다네

그날은
별이 빛나는 금요일 밤
그리움 켜진 작은 하얀 집
음악과 삶의 향기가 피어 있는
그 집에 그대는 없었다네

오지 않았는지
바쁜 것인지
흔적도 없고
동네 사람들 같은
무명의 얼굴들만 서넛이
어느 가수의 노래인
모란동백을 들으면서

흑진주를 뿌리며
잔치를 벌이고 있었다네

난
그리움 접고 조용히 나왔다네
그대가 없기에 무표정한 얼굴로
그리고 진한 그리움의 얼굴로

그리움 11

파도와 갈매기 우는 소리
그리움 가득 피는
여름 소리, 소리들
작은 어촌에서
예쁜 추억 빚으며
파도 노래에 장단 맞추며
살아가고 있을
그리움 하나

여름휴가 때
그리움 하나 찾아서
열차 타고 갈려고 했었는데
날씨의 질투로 포기했으니
지금 와서 후회되더라

다음 여름엔 꼬옥
날짜 제대로 잡아 가야겠다고
붉은 사인펜으로 달력에
동그라미 두 번 쳐놓았다

그리움 12

지금쯤
어디에서 무엇하고 있을까
수개월 전만 해도
토요일 오후 3시쯤이면
어김없이 핸드폰 때려
안부 묻곤 했었는데

이제는 나 몰래
핸드폰 번호도 바꾸었나 보다
번호를 누를 때마다
낯선 사람의 목소리가
내 귀를 때린다

지난여름 날
전화 통화했을 때
머언 훗날
속리산 자락에 문학관 지으면
꼭 도와준다고 하더니만

오늘같이
장대비 쏟아지는 날
그대에게 전화 한 통화하여
소주 한 잔 먹자고 하고 싶어도
주소와 전화번호 모르니
내 마음 어찌 아프지 아니하리

그리움 13
― 선생님께

선생님
보고 싶어요
그렇지만
참을래요

단풍잎 위에
눈물로 선생님 얼굴
그리고 그리다가
참지 못해
찾아 가고 싶었지만
갈 수 없기에

제가 좋아하는
시 한 편 써서, 선물로
가을바람에 실어 보내 드릴게요
선생님

그리움 14

겨울, 이 겨울에
최후의 만찬을 벌인다
건조한 눈물을 흘리며

한 사내는
그리움의 전화번호를 찾지 못해
눈물을 진하게 흘리며
시작詩作으로 그리움을 달랜다

길고 긴
겨울의 강을 따라가며
한 사내는 마음을 부르르 떤다
그리고 더욱 괴로워한다
봄 소리는 희미하게 들려오는데
한 사내에게도
그리움의 봄이 다가오려나!

그리움 15
— 새벽달을 보며

새벽에 누가 깨웠을까
일어나지 말았어야 했는데
유혹 빛 하늘
별무늬 수놓은
가을의 새벽 커튼을 보았다

우윳빛 젖가슴 위
하얗게 달아오르고 있는
얄프리한 유두 한쪽만 드러내 놓은 채
검청색 커튼 뒤로 숨어 버린
수줍은 한 여인을 보았다

그리움 16

함박눈 퍼 붓는 날
기차 타고 당신 곁으로 갔습니다
두근거리는 마음으로, 차마
당신에게 전화할 수 없었습니다

기차 타고 다시 당신 곁으로 갔습니다
용기를 내어 공중전화를 들었습니다
전화가 불통이었습니다
그날도 별빛 보며
야간열차 타고 그냥 돌아왔습니다

단풍이 고옵게 물들고
벼 익는 소리가 들리는 날
약속 없는 날 잡아
황금 들판을 보며, 다시
기차 타고 당신 곁으로 가겠습니다

이제 사전에 철저히 준비하고

당신 만나러 가겠습니다
그때는 그냥 돌아오지 않겠습니다

그리움 17

그리워 그리워하다
그대를 그리워하다 지쳐
세월의 흐름에 묻히고
그리움도 묻혔다

자암시 잊고, 그냥
세월 타고 오다가
단풍잎 떨어지는 날
사막의 신기루같이 핀
그대 얼굴을 보았다

그리움 18

함박눈 속에서
철들지 않은 자신

겨울밤
눈물 젖은 별빛
후회되는 눈물

얼음산
봄빛 물든 언덕
진달래 피는 소리

그리움 19

진한 태양빛 내리쬐는 날
이역만리 대륙에서
들려올 것만 같은
해풍 속의 그대 목소리

이어졌다 끊겼다 하는
목소리 향기에
풀피리 불며
여유 가지고
더위도 잊었건만

산자락에 올라가는
안개를 잡지 못하듯이
멀고 멀어지는 마음처럼
사라지는 그리움 하나

그리운 그대여!

아직도 한참 멀리 있는
봄이 와야
얼어붙은 대지가 녹듯
그대의 목소리
내게 다가오려나 보다

그리움 20

철책선 앞에 두고
가깝고도 머언 그대여
우리 가슴 아파하지 말고
서로 얼굴만 보자

저 철책선이 녹슬어
누구의 손에 걷히고
따스한 봄이 되면
우리 그때 만나자

그리운 그대여!
서로 그립다고 말하지 말자
우리가 그리워
그립다고 자꾸 되새기면
철책선도 가슴 아파하리라

우리 편한 상태로 살아가자
우정과 사랑으로

서로 물 주고 가꾸며
가끔은 벌레도 잡아 주고
남은 인생 즐겁게
노래 부르며 살아가자

그리움 21

그리움 하나
잊을 만하면 찾아와
나뭇잎을 흔들어 놓고
속을 갉아 먹는다

육체도 없고
생명도 없는
그리움 하나

추운 날에도
날개만 털고
날아갈 줄 모른다

그리움 22

여름 바다 이야기
시 한 편으로 엮으며
그대 소식
기다리고 기다리다 지쳐
파도 소리만 듣다가
돌아왔어요

첫눈 내리는 날
남행열차 타고
그대 그림자 줏으러
겨울 바다에
다시 가도 되려나
괜찮겠지요?

그리움 23
— 인터넷 대화창에서

하얀 네모 바다, 수평선 위에는
그 많고 많던 파도도 없다
갈매기도 날지 않는다
언어의 돛단배들만 표류하다 침몰한다
육체는 바닷속에서 나오질 않는다
그냥 머엉하니 쳐다보다가
흥미 없어 하얀 바다 창문을 닫아 버리고
낚싯대 둘러메고
다른 바다로 간다

그리움 24

늦가을 새벽
낙엽같이 떠나버린
그대를 그리며
음악에 취해본다
빠져본다
죽어본다

한 번쯤은
모든 것 다 잊어버리고
실컷 울기도 해 보고
실컷 웃기도 해 보며
40대 후반
텅 빈 가슴을 채워 줄
희망의 노래를 불러본다

그리움 25

느티나무
녹색 옷 말리는
여름날 오후

그토록
그립고 그리운
그대여!

하도 그리워
허상으로 보이는
얼굴이여!

비 맞으며
빗속에 그리움 묻고 싶어
하늘에 엄지손가락 대고
이름 석 자 써보지만

비바람 타고 온

그리운 얼굴 모습
눈앞에서 아롱거리네

그리움 26

새벽 창으로
오지 않은 그대
잔잔한 파도 소리
음악 소리만 들렸네

그대는 문 잠그고
골방에서 잠자고 있는 것인지
인연의 미로에서
숨바꼭질하고 있는 것인지
그대를 볼 수 없었네

시계추 같은 그대
그대의 그림자
눈앞에서 사라진 지
오랜 시간이 흘렀고
가을도 아닌데
하얀 사각형은
나를 허공으로 밀어 넣었네

6월의 장미는
푸른 초원을 불태우고 있었네

그리움 27

일요일 정오 12시
전국노래자랑에서 24세 주부가 무대 위로 뛰어올라
힘차게 노래 부르는 모습을 본
어머니는 눈시울을 적셨다

"우리 경이가 대학 졸업하면 스물네 살인데"
TV 화면을 보면서 어머니는 지나가는 말로 흐리게 독
백을 하였다

한국과 스웨덴, 월드컵 첫 게임이 있던 날
그날 밤이었다
역사의 흐름을 타고 돌아오지 못하는 강을 건너 버린
장조카가 내 앞에 나타나 떠나지 않고
슬픔에 젖은 손수건을 흔들고 있었다

내 눈가에도 물이 불어 한강을 이루며 범람하고 있었다

그리움 28

초점 잃고
펜 들다 떨어뜨리다

컴퓨터 자판기를 두드리다가
눈이 시려
그냥 포기하고 마는
불혹 나이에 서 있지만
푸른 하늘을 쳐다보기도 한다

앞산에서 들려오는
장끼와 뻐꾸기 울음소리에
때론 깜짝 놀라지만
고향에 심어 놓은
추억을 캐기도 한다

인생의 꽃봉오리에서
아직까지도 새벽 같은
예쁜 꿈을 꾸며 산다

그리움 29

한여름
하염없이 울어댔던
풀벌레 매미 소리들도
이제는 없다

이따금
낙엽 떨어지는 소리
빗소리와 바람 소리만
오가는 이곳에서
그리움이란 세 글자로
마음을 달랜다

10월의 장미는
더욱 더 빨개져
빛나며 익어가고
마음은 공허하다

네가 그립다

그리움 30

갈 길이 바빠
그대 얼굴조차 확인 못했지만
그대 얼굴, 내 앞에서
신기루를 형성하는 것은

가끔, 잊어버릴 만할 때
그대가 보내 주는 메일
그대가 들려주는 음악
그대의 맑고 깨끗한 목소리
때문이리라

그렇지만 더욱 더
내 작은 가슴속에서
그대의 그리움의 꽃이 피는 것은
삶의 희망을 주는
그대의 따스한 마음 소리가
잔잔하게 흐르기 때문이리라

그리움 31

나는 알고 있었네
그리움에 파묻힌 그대가
그리움 속의 그리운 그대라는 것을

그대가 바람 타고 오던 날
어린아이처럼 얼굴에 꽃 달고
맨발로 뛰어왔던 것을
그런데 바람 속에서
그대를 찾을 수가 없었지
그것은 바람의 질투였다네
그 이상 기류는 맨발로 뛰어가는
나를 방해했다네

그대를 찾고 찾다 찾지 못한 나는
결국 찾는 것을 포기하고 말았다네
그래도 혹시나 하고 미련을 가졌다네
집에 와서도 생각했다네
이상 기류가 머물렀던

그 쪽을 보고 곰곰이 생각했다네

우리는 인연이 없는 것이라고
앞으로도 인연은 정말 없을 것이라고
인연이 되어 만나게 된다면
바람이 또 방해할 것이라고

그리움 32

뒷동산
참나무 숲에서
장끼 한 마리
사각 사아각
낙엽 밟는 소리에
더욱 더 그립고
그리워지는 임이여

임 그리는
애타는 마음
올가을에도
단풍잎처럼
빨갛게 물들 것인가

그리운 임이여!

겨울 오기 전
푸른 창공 위에

하얀 전화번호라도
남 몰래 살짝 띄워 주게나

그리움 33

그대여! 시방
우리가 그립더라도
애타게 그리워하지는 말자
그렇다고 서로 잊지는 말자

가을, 초가집 앞
볏단처럼 쌓아올린
아름다운 추억, 추억들
가슴속에 파묻어 놓고
시간이 흐르고 흐르면
단풍 지는 날 꺼내보자

그때, 우리 그때
푸르렀던 지난날이
정말 재미있고 즐거웠다고 말하자
만약 친구들에게 들키면
서로 너무 그리워서
추억 하나 꺼내 보았다고 말하자

그리움 34

추석 명절 아침
아기자기하게 꾸며 놓은 네 방에서
때 묻은 여러 장의 음악 CD이며
순수한 모습을 담은 사진
먼지 하나 앉지 않은 책상과 책꽂이를 보았네
그러나 보고 싶어도 볼 수 없는
얼굴, 네 얼굴은 없었네

초록 물 뚝뚝 떨어졌던 그날
한국과 스웨덴의 월드컵 축구 대회로
환호와 피로로 얼룩졌던 깊은 밤
눈부신 하얀 막대의 은하수 길을 밟으며
멀고 먼 별나라로 사라진
그리운 얼굴이여!

나, 네 그리움
그리움에 지쳐
이제 와서 네가 그립다고

말하지 못하고
편지도 부치지 못하니
전화도 걸지 못하는
내 아픈 가슴 누가 알랴마는

저 깊은 숲속
다람쥐 모습과 녹음 속에서
희미하게 흐르는 꿩 소리
이 산 저 산 뛰어다니며 우는
뻐꾸기 소리에 위로를 느끼며
이제 너를 잊으리라

세월이 흐르면 묻히듯
잊어야만 하는 네 얼굴
돌아올 수 없는 너를 위해
한겨울 밤
나 홀로 그리움의 노래를 부르리라

그리움 35

가을이 오기 전
더욱 더 가까워질 것 같은 임
내 곁을 떠났습니다

단풍도 아직 다 떨어지지 않았는데
여름에 그렇게 울었던
참매미 울음소리 따라 임은 갔습니다

푸른 하늘을 뒤적이며
멀리 머얼리 찾아 보았지만
임은 보이지 않았습니다

깊게 깊어만 가는
이 가을 속에서
그리움에 지쳐
토요일 오후
임 찾아서 열차 타고 나서야겠습니다

임이 남기고 간 빈자리가
가을보다 더 쓸쓸하게 보였습니다

그리움 36

보고 싶다
지난여름 이맘때
경부선 종착역
역 광장 느티나무 밑에서
무더위와 싸우며
그리움을 기다렸던
부처 같은 그대가

알고 싶다
가을이 오기 전
머구리* 우는 여름밤을
어떻게 보내고 있는지
그대의 소식을

*머구리 : 개구리의 옛말

그리움 37

활짝 핀 벚꽃을 보면 무엇이 생각나세요
고민하지 말고 떠오르는 대로 말해 보세요

사무실 앞
봄이 찾아온 날
산수유 꽃 피는 소리 들으며
커피 한 잔 오른손에 받쳐들고
옆에 서 있는
임에게 물어 보았습니다

예에 저는 요
함박눈이 쌓여 있는 것처럼 보여요
아— 그래요
이 년 전 제가 눈을 소재로 시 한 편을 썼거든요
어제는 시상이 떠오르지 않아 벚꽃을 시제로 삼아
시 두 줄 쓰다가 그냥 찢어 버렸어요
저는 요
수백 마리 종이학이 앉아 있는 것처럼 보여요

우윳빛 같은 종이학이여!
어디로 날아가려고 준비하느냐
봄날
나 외롭게 두고 가지 말고
내 마음 지켜다오

그리움 38

여름산 보며
그립고 그리운
심중心中의 한 사람
그대가 곁에 있다는 것
행복입니다

괴롭고 고통스러운 세상
외롭고 쓸쓸한 세상
즐겁고 행복한 세상맛 보며
그대가 멀리 떨어져 있지만
가을바람인 양
시원함을 느낄 수 있다는 것
축복입니다

비포장 시골길
밀짚모자 푸욱 눌러 쓰고
반소매 흰옷과 검정 고무신 신고
그대를 그리워하며

자랑스럽게 하고 싶은 일하며
인생을 걸어갈 수 있다는 것
천복입니다

그리움 39

이번에도 못 온다구요
전화 목소리 수없이 수— 없이 들었지만
시골 소녀 같은 그대 목소리

봄과 가을바람 섞은 목소리
목소리 너무 예뻐
전화기 자주 들게 하는
그대 목소리
얼굴 본 적 없어
어떻게 생겼는지 알 수 없지만
그대 얼굴 꼭 봐야겠다는
고집이 생기지 않는 것은 아니지만
장미 같은 마음이 식은 것인지
언젠가는 볼 수 있다는 희망
마음속에 존재하고 있는 것인지
한번 보고 싶다는 열망이
마음속에서 살아 꿈틀거리네

그리움 40

새벽이었다네
그 새벽은
겨울 새벽은 아닐 성싶고
아— 참
그때 비가 왔었지

두 사람은
얼굴을 어둠에 지우기 안타까워
커피숍에서 시간을 잡았다네
남행열차 도착을 기다리면서
오지 말았으면 하는
막연한 미련을 가지기도 하며

새벽 열차에서
두 사람이 우아하게 앉아 있는 모습
한번 더 보고 싶어
하얀 마음으로 열차 창에서
눈을 떼지 않고 있었다네

맞물린 세월, 아직도
분홍빛 희망을 간직한 그대들
희망의 손을 흔들었다네

그대들 떠난 뒤에도
새벽 속에서 사라지는
열차의 꼬리에서는
그리움의 싹이 트고 있었다네

그리움 41

찬란한 불빛 속에서
그대가 아름답게 보였네
눈부신 얼굴
꾀꼬리 같은 목소리
여우 같은 몸짓
젊어가는 세월의 모습
입김에 실려 오는
다정한 목소리의 꽃바람
구슬프게 흐르는 노랫소리
기대고 싶은 작은 어깨
인연과 악연의 존재조차 깨닫지 못한 채
이별하는 열차의 푸른 행진 속에서
그대를 그리워하는 마음
무정한 KTX는
날 태우고 깊은 밤을 빠져나갔네

그리움 42

얼굴도 모르는데
귀에 익숙한
목소리 주인공
그대는 누구십니까

어느 봄날
할미꽃 피는 소리
크게 들렸던 날

가냘픈 목소리
바람 타고 와
귀에서 산책하고 간
그대는 누구십니까

그리움 43
— 친구에게

무슨 일 있는 것일까
개나리 피는 날
막걸리 한 잔 같이 먹었는데
단풍잎 떨어지는 날도 보았고
산자락에서 눈부시게 빛나며
눈이 소리 없이 죽어 가는
그날도 보았는데

한 달이 가고, 두 달이 가고
느티나무가 푸르게 옷 입고
바람과 같이 춤추는 날이
여러 번 지나갔는데도
나타나지 않는 이유는

전화하는 것도 힘이 드는 것일까
이메일 하는 것도 힘이 드는 것일까
겨울 하늘 은하수 따라
멀고 먼 나라로 여행갔을까

우리, 우린 진짜
서로 마음은 변치 말자고
언약까지 하고
눈도장까지 찍었는데

그리움 44

꽃과 벌들이 놀고 있는 모습을 보면서
그대를 알게 되었네
익숙한 얼굴은 아니었지만
안개 낀 날
그대의 얼굴은 매우 아름답게 보였네
아름다운 얼굴 또 보고 싶어
어느 날 그곳에 가보았네
그대는 꽃과 벌들을 데리고 사라졌네
그대는 밝고 따스한 모습을 남기고 떠났네
지금도 가끔 그대가 그리워
그곳을 찾아가 보지만
그대의 모습은 보이지 않았네
기다렸다가 그냥 그리움만 꽂아 두고 돌아왔네
그대는 꼭 새벽과 깊은 밤에 나타나서
별님 달님 이야기 해주기도 하고
우리의 마음 영원히 변치 말자고
서로 손도장도 찍으면서 다짐도 하곤 했네
어린아이처럼

마음이 좀 우울하거나 불완전할 적엔
그곳에 가서 그대를 기다려 보지만
그대는 영영 나타나지 않았네

그리움 45
—가을 하늘

가을이 되어서 일까
네 마음 세세히 몰라도
조금은 알 것 같은데
얼굴은 어떻게 생겼을까
키는 얼마나 크고
옷은 무슨 색깔
알 것 같으면서도 모르는
모를 것 같으면서도 글쎄
조금은 알 것 같은
정말 궁금하다
아니 내가 왜 그렇게
너에게 관심 있지
네가 푸르다는 것은
누구나 다 아는데

그리움 46
— 인터넷 이메일을 쓰면서

하얀 벽 뒤에
그대가 서 있다
떠나지 않은 그대
투명한 얼굴에
하얀 마음
성도 모르고
이름도 알 수 없는
봄 향기 피어오르는
그대가 거기 있다
봄 소리 들으러
여기에 오는가 보다
메일을 쓰는가 보다

그리움 47

보고 싶은 욕망
활화산처럼 타오르지만

희미한 사진 속에서
수줍으며 멋쩍게 웃는
그대 얼굴

울음바다 건너
돌아오지 못하는
멀고 먼 나라로
가버린 그대

그리움 속에서
아픈 가슴 삭이며
한없이 눈물 적시네

그리움 48
― 여름의 아픔

단풍 우는 날
그대가 그리워도
그립다는 말
차마 못하였네

초록 나뭇잎 흔들리는
모습 보는 순간부터
싱싱하고 아름다움
눈부시고 눈물겨웠지만

그 잎들의 뒤에는
고생한 여름의 아픔에
몸 전체가 흔들렸다는 것을 몰랐네
가을에서야 알았네

그리움 49

한여름
더위와 함께 사라진
그대여!

그대는 어디로 갔는가
만날 때는
서로 헤어지지 말자고
비밀 약속까지 해놓고
소리 없이 떠난 그대여!

서녘 하늘
붉은 바다 보며
하얀 짐 몇 개 지고
노을 그림자 따라
멀리 떠나간 그대여!
그대 뒷모습에
진한 눈물 훔쳤다네

갈 때는 가더라도
전화 한 통 남기고 가는 것이
그렇게 어려웠던가
사랑하는 그대여!

그리움 50

동백꽃 지는
열구름 뒤로
돛단배 떠나가듯 사라지는
그림자 하나 보았다

붉은 바다 위에서
서서히 지며 가는
작은 그대 모습에
눈물이 흘렀다

"바보 바보
서로 헤어지지 말자고
약속까지 해놓고선……"

끝내, 우리는
어둠 속에 묻히고 말았다

그리움 51

한여름
손 흔들며 사라졌던
그리움 하나

단풍잎 떨어질 때
남행열차 보면 떠오르는
그리움 하나

가끔
무궁화 열차 소리에
귀를 쫑긋 세우고
작은 가슴을 그리움에 묻었던

호남선 열차 타고
혹시, 몰래 지나치지 않을까
창문 열고 빤히
철길을 바라본다

그리움 52

사랑하는 그대여!
고향 봄 하늘을 보았을 때
전화기를 들고 싶었다네

늦가을
이슬처럼 사라져 간
그대 목소리가 듣고 싶었다네
맑고 고운
시골향에 젖은 깨끗한 목소리

개나리 핀
시골 대문을 열면
확—
뛰어나와 반겨줄 것 같은
사랑하는 그대여!

그리움 53

가을비 내리는 날
새마을호 열차 타고
그대가 사라진
호남선을 따라가 보았다

가는 길, 가는 길마다
끝없는 황금빛 평원
나락들은 춤을 추고
동네마다 사람들은 미남미녀였다

산에는 단풍이 익어가고
분홍빛 가로등 화사한 웃음
그런데 그곳에는
그대의 얼굴과
그림자는 보이지 않았다

그리움 54

처음 본 얼굴이지만
편안한 느낌이네
그대는 누구신가요?

할미꽃 피는 소리
고옵게 들리던 날
가냘픈 목소리에
봄바람 타고 내 귀를 간지럽힌
그대는 누구신가요

혹시
내가 찾고 있는
그대가 아니신가요?

그리움 55

보고 싶어도 볼 수 없는
얼굴, 얼굴이여
그리운 얼굴이여!

빠알간 물
뚜욱-뚝 떨어지는 날이
깊고 깊어만 가는데

그리움에 지쳐
이제 와서 그립다고
편지도 부치지 못하고
전화도 걸지 못하는
아픈 가슴
누가 알까마는

장태산 숲속에서
희미하게 가슴 울리는 꿩 소리
뻐꾸기의 외로운 노랫소리에

그대 얼굴 그리며
마음 편히 살아가리라

그리움 56
― 복천암*에서

사바세계 등지고
갈참나무 숲에서
하염없이 울어대는
풀벌레, 산매미들

비, 바람 소리
가끔 지나가는
이곳에 찾아와
풍경소리 들으며
그대의 그리움으로
마음의 슬픈 강을 태운다

*복천암 : 속리산 중턱에 있는 사찰

그리움 57

친구야!
바쁜 세상
이메일만 주고받으며
얼굴은 보지 못할지언정
섣불리 얼굴 한번 보자고 말하지는 말자

정말 보고 싶어
만나자고 약속하다 보면
약속일 기다리다가 지치고 지쳐
약속일 제대로 지키지도 못할지 모르니까
얼굴 보고 싶다는 말 만은
가슴속 깊이 고이 간직하고
억지로 말 꺼내지는 말자

그냥 그대로 세월 따라 가며
마음만은 변치 않는 친구가 되자
세월 억지로 붙들고
진로방해는 하지 말자
친구야!

그리움 58

그대 얼굴 몰라요
보지 못했으니까
얼굴 보고 싶네요
그렇지만 그렇게 보고 싶진 않아요
인연이 닿으면 볼 수 있을테니까요
저 산, 나무들이 고옵게 물들 때면
그리움도 붉게 익어 가겠죠
그때가 되면 얼굴 볼 수 있으려나!

얼굴 보지 말고
그리움 쌓이고 쌓여 싹이 터서
열매로 승화되어 익을 때까지 기다리다가
열매가 푸욱 익었을 때
우리 그때 만나요 알았죠
아직 우리 만나지 말아요
너무 이른 것 같아요

그리움 59

네가 그리워
네가 너무 그리워
얼굴 보러 간다
한번 간다
때가 되면
꼬옥 한번 간다 간다
말해놓고, 또 말해놓고
나뭇잎 얼굴이 빨개졌다가
녹초가 되어 지쳐
땅에 여러 번 떨어져 뒹군 횟수
여러 해가 흘렀지만
못 가고 또 못 가고 있다네
정말 미안하네

하얀 세상
좋은 추억 그리다가
그냥 남기고 떠날 수 없어
못 간다고

말하려고 했는데
전화도 받지 않아
부치지 못하는
찢어진 편지 봉투 겉에
몇 자 써서 보낸다네
'보고 싶다'는 단어
몇 개 넣어서

그리움 60

동양화 감상하듯
외롭게 보이는
그대의 흑백 사진

그대 있는 곳
별나라 같지만
지지도 않는
눈물 가득한 곳

단풍잎 보며
그리움 삭이지만
쌓이는 한恨

그대여!
사랑하는 그대여!
네 앞에서
눈물을 어찌 멈추리

그리움 61

그대가 온다면
그대가 틀림없이 온다면
초겨울 장미처럼
붉은 얼굴로 기다리리라
맨발로 서서
그대가 온다면
그대가 정말 온다면
여름밤 별이 사라지고
잎새에 청이슬 내리는
새벽이 올 때까지
뜬눈으로 기다리리라

그리움 62

친구야!
기억 바다에 잠수했던
친구야! 한참 동안
네 그림자조차 찾을 수 없었지만
시방 불러보는 넌
내 마음을 아느냐
내 아픈 마음을 아느냐
오래도록 눈물겹게 느꼈던
혼과 혼의 만남
너는 이제
내 마음속에서 사라져 가는
기억의 바람이 되어 버렸지만
내 행복의 아픔을 아느냐
내 행복의 슬픔을 아느냐
다시 주워 담을 수 없는
네 그리움의 행복
어디서 찾으리
어디로 찾아 나서리

그리움 63
— 인터넷 친구

사계절이 오고 가듯
변화 없는 그대의 판 박힌 얼굴
모든 것이 익숙해 있지만
숨겨져 있는 그대의 속마음은
아직 열어보지 못했네

사랑하는 그대여!
한여름 나뭇잎이 익어 가는 날
대면하는 날이 오기를 희망하네

바람처럼 나타났다가
바람처럼 사라지는
그대 모습에 이제는 지겹다네

가을이 지는 지금쯤은
얼굴을 봐야 되지 않을까!

그리움 64

그대가 그립습니다

멀고 먼 나라에 간
그대가 보고 싶어
지금 그리움이란
연작시를 쓰고 있습니다

그대를 그리워하면서
그리움 시 다 쓰고 나면
그리움 그린 시
한 권 선물로 보내 드리겠습니다

그리운 그대여!
이제는 그리움에 지친
나를 사랑하겠습니다

참 시집 제호를
'그리움이 가득 핀 섬에 가고 싶다' 로 정했습니다

그리운 그대여!
그때까지 기다려 주소서

그리움 65

산비둘기 우는 소리
하얗게 빛을 내며 우는
비닐하우스 슬픈 노래
장끼의 고독한 외침

복사꽃, 개나리가
산자락에서 눈빛 주며
손님을 기다리고
마을 입구 늙은 느티나무는
홀로 산촌을 지키고 있었다

그립고 그리움을
봄 피는 소리로 채워가며
전화 소리 없는 깊은 산속
언제 그리움이 사라질까

그리움 66

그대가 그리운 것은
아직까지 잊지 못하고
그대를 좋아한다는
징표일까!

일찍이
세월의 강을 건넌 그대가
아직도 깊은 밤하늘
아기별들 속에서
반짝반짝 빛나는 것은
미련일까!

내 곁을 떠나간 지
몇 년 되었지만
아직도 마음속에서
사라지지 않는 것은
무엇일까!

그리움 67

여름이 되어
잊을만하면 나타나는
그대 얼굴
핸드폰 화면에 떴을 때
고향 입구의 느티나무
한 그루가 생각납니다

멀리 산다는 핑계로
갈 수 없는 작은 마음
보고 싶은 의욕은 있지만
그대가 그렇게
보고 싶지 않은 것은
오랫동안 쌓이고 쌓인
지친 그리움 때문인가 봅니다

그리움 68
— 가을 노래

새벽, 노래를 감상하면서
당신 곁에 가지 못하는 것은
'가을' 때문이라는 것을 알았습니다

당신 곁에 가지 못하는 것은
가을이 나를 풀어주지 않기 때문입니다

당신 곁으로 가지 않는다고
서운해하거나 원망하지 마세요
가을을 두고 차마 떠날 수 없어
가지 못하는 이유뿐이랍니다

가을 외출이 끝나는 날
가을 축제가 끝나고
산들이 하얀 분을 칠할 때
당신 곁으로 꼭 기차 타고 가겠습니다

그리움 69

순백의 역사를 지닌
그리운 얼굴들아!
가을 문턱을 걷는
한 나그네에게
그리움의 유혹을
던지지 말아다오
6월의 학도들아!
남북이 갈렸어도
잊을 수 없는 그대들
정말 보고 싶다는
말은 하고 싶네

그리움 70

임을 보았습니다

임을 보았을 때
프리지아 향기를 가진
차분하고 순수함

톡 튀는 느낌 없고
호수 같은 마음, 그래서
가까이 가고 싶었습니다

세월이 흐를수록
지금도 그런
임의 모습이 그립습니다

그리움 71
— 콜로라도 강 사진을 보며

아—
이국의 저 아름다운 풍광
가고 싶어도 가지 못하는 안타까움
단지 그림일 뿐
사랑하는 콜로라도 강이여
네가 내 앞에 있구나!
너를 얼마나 그리워했는지 아느냐
이제야 선명하게 그려진
네 얼굴을 보았구나!
그동안 내 마음속에 두고
너를 그리워하며 연상했는데
수수께끼 같은 그리움
이제 좀 마음이 풀린 것 같다
그립고 사랑하는 콜로라도 강이여!

그리움 72
— 단풍잎을 보면서

가을 되면
나뭇잎들은 개성대로
시나브로 곱게 물들고 세상은 활짝 피었다가
겨울 속으로 들어가는데

나, 이제 세상이
겨울 속으로 들어가는 모습
보기 싫고 지쳐서
저 단풍잎 보며
사랑하며 살아가리라

삶의 고통이여!
내 앞에서 이제 그만

그리움 73
— 인터넷 대화창에서

바다에는 파도가 없다
배 한 척 보이지 않는다
갈매기 한 마리 날아다니는
모습도 보이지 않는다
눈 빠지도록 바라보다가
그리움에 젖는다
나타날 것 같으면서도
끝내 나타나지 않는 그리움
기다리고 기다리다
그만 지치고 지쳐
낚싯대 둘러메고
겨울 속으로 사라진다
시간은 도망하고 마음은 허공이다

그리움 74
— 장태산에서

푸른 늪에 핀
백련 딱 두 송이
매미들의 합창곡과
다람쥐 아침 산책 속에서
사내는 빈 마음으로
꽃신을 신고 기도하며
행복의 다리를 건넌다
녹수정綠樹亭 앞
메타세콰이어나무 숲속으로 사라지는
사내의 마음속에는, 희망을 노래하는
장태산이 살아 있다

장애인 창작집 발간지원 사업 선정 작품집

그리움이 가득 핀 섬에 가고 싶다

1쇄 발행일 | 2013년 12월 20일

지은이 | 장근수
펴낸이 | 정화숙
펴낸곳 | 개미

출판등록 | 제313 - 2001 - 61호 1992. 2. 18
주소 | (121 - 736) 서울시 마포구 마포대로 12 한신빌딩 B-109호
전화 | (02)704 - 2546, 704 - 2235
팩스 | (02)714 - 2365
E-mail | lily12140@hanmail.net

ⓒ 장근수. 2013
ISBN 978 - 89 - 94459 - 39 - 4 03810

값 10,000원

주최 | 대한민국 장애인 창작집필실
주관 | 장애인인식개선오늘(고유번호 305-80-25363. 대표 박재홍)
심사 | 발간지원 사업 심사위원회
후원 | 대전광역시, 대전문화재단, 계간 문학마당